ALBUM POÉTIQUE

IIIe PARTIE

LA

CIVILISATION

EN 1867

Par J.-F. LAFFITE

Architecte

PARIS

EN VENTE, RUE TAITBOUT, 16, LES OPUSCULES IMPRIMÉS :

La Civilisation en 1867, la Sculpture moderne, l'Architecture contemporaine.

1868

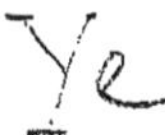

ALBUM POÉTIQUE

TROISIÈME PARTIE

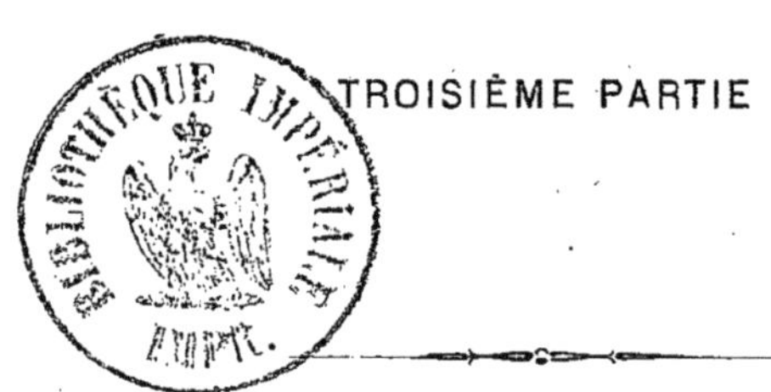

LE SULTAN A PARIS

ODE

Bysance, de Paris la main sage et profonde
Aux talents des peuples demandant les faveurs,
De leur industrie sur sa rive féconde
Dévoile toutes les splendeurs.

2

Le travail sérieux n'aime pas les tempêtes;

Il trouve dans la paix l'éclat et les attraits.

La gloire et les honneurs qui couronnent ses fêtes,

Sont les doux fruits de ses bienfaits.

Ce palais où l'homme par son intelligence

A montré le torrent de ses vastes progrès,

Rappelle au souvenir cette antique puissance

Qui plane sur tes minarets.

Tes mœurs et ton Coran, pratiquant les doctrines

De fêter le travail, vont grandir le pouvoir,

Et de la liberté les sages disciplines

S'unir à l'antique devoir.

Au sein des nations la morale est la même,

Et des cultes divers fait la sainte beauté.

De l'Être souverain la puissance suprême

Veut dans tout la diversité.

LA CIVILISATION EN 1867

Poëme

Nosce te ipsum.
Adversus hostem revendicatio est æterna.

CHAPITRE I

La Vie de l'Homme.

Je chante dans l'homme la divine puissance

Et dans sa structure et dans son intelligence.

Dieu, qui vois des objets les intimes rapports,

De mes faibles pensers seconde les efforts!

Ton flambeau me conduit et ton pouvoir m'éclaire;
Je considère en tout ton concours nécessaire.
Que le ravissement guide toujours mes pas;
Fais que de la raison je goûte les appas.
O maître souverain, de tout cause première!
Le monde s'éclaire de ta propre lumière;
Ton feu générateur se répand dans les airs,
Fertilise la terre et vit au sein des mers.
Les sciences, les arts, dans tes lois immuables
Donnent à tout lien des formes variables.
Que l'homme studieux, pour juger ses travers,
Admire les œuvres de ce vaste univers.

La vie est dans l'homme cette puissance active
Qui le modifie sous sa forme passive;
Plein d'élans et de feu dans son accroissement,
Ses sens faiblis montrent le dépérissement.
Comme ces corps sans nombre et différents d'espèce
Que livre à ses besoins ta suprême largesse,
Tu le soumets aux lois de la destruction,
Dès que ses organes cessent leur fonction.

Sa formation.

De ce corps sans vie recueillant la poussière,
La science scrute des ressorts la filière;

Les os par leur ensemble en sont les vrais soutiens ;
Les membranes des nerfs leur servent de liens.
Dans diverses cloisons ils ont la forme plane,
Ronde dans les appuis ; de la tête ou du crâne
La boîte réserve certaines cavités
Que doivent occuper d'organes avivés.

La moelle qui l'emplit, substance molle et grasse,
Est l'arbre de vie ; de ce centre elle passe
Dans l'épine dorsale; et le grain géniteur
Nourrit en même temps la cloison et le cœur,
Liés par ce rapport, balance continue,
Que l'os s'épaississant, la moelle diminue.

Aux environs des joints est un frêle conduit
Où la synoviale en gouttes s'introduit,
Mouille un cartilage, membrane molle et dure;
Ce bourlet précieux en évite l'usure.

Les cordons composés de nerfs longs et nombreux
Serpentent sur les ôs ou s'enroulent sur eux,
Se changent en tendons, forment l'aponévrose
Qui les unit entre eux, les soude, les repose,
Expansion du muscle au réseau celluleux
Et levier de force pour de robustes jeux.
Cet enchevêtrement, qui déjà les rassemble,
Des membres différents forme un rigide ensemble.

De tous les points du corps aux replis du cerveau
Les nerfs vont aboutir, se courbent de nouveau
Et transmettent soudain à son empreinte fluide
Des sensibles objets l'impression rapide.
Il est des nerfs mixtes ; d'autres libres ; pourquoi ?
De l'Éternel en tout c'est l'immuable loi.

Des ganglions forment une chaîne allongée,
Région cervicale et lombaire et sacrée :
Des nerfs de chaque anneau sortent et vont céans
Aux organes de vie indépendants des sens.
Cet appareil nerveux, nommé grand sympathique,
N'a point sur le cerveau de contact électrique,

Et pour les organes qui lui sont adhérents

De leur affection ne sert les sentiments.

Le petit sympathique est mixte ; il associe

Au centre directeur l'intestin, la vessie.

Le foie, le poumon, le cœur, trépied vital,

Moteurs bien séparés du foyer cérébral

Et premiers organes de l'humaine structure,

Nous sont, l'homme vivant, cachés par la nature ;

Leur fonction, objet de nos soins impuissants,

Sans cesse trompera nos efforts vigilants.

Sa nutrition.

Ces éléments offrent à nos yeux de l'image
Les divergents rayons ; les traits de ton ouvrage
Vont jaillir éclatants. L'organe obturateur
Broie les aliments ; l'humide ramasseur
Sans cesse les ramène au bord de l'œsophage ;
L'estomac les reçoit. Là, commence l'ouvrage
De dissolution que viennent compléter
Des sucs particuliers ; elle tend à passer
Dans le duodénum où, de nouveau reprise
Par d'autres réactifs, elle est enfin soumise
A l'épuration. Pour être assimilé
Le chyme à la masse pulpeuse mélangé,

Avec elle chemine et suit l'intestin grêle ;

Le chyle désormais formé, le suçoir frêle

De longs vaisseaux l'aspire et le porte au poumon

Où l'hématose en sang fait sa conversion.

Alors, obéissant aux veines pulmonaires,

Il se répand au cœur ; par les effets binaires

De la valve gauche qui règlent son chemin,

Il porte aux organes un aliment certain :

L'intérêt est commun. Dans sa course passive

Les reins et le foie, que sa présence avive,

En livrent une part à la filtration

Où des conduits distincts reçoivent son limon :

Entre autres, la vessie épanche des substances
Qui, solidifiant certaines excroissances,
Barrent de l'urine l'écoulement normal.
  Ce sang artériel, parcourant son canal
En longs cercles profonds, dépose sur les fibres,
Pour aliment vital, des particules libres
De couvrir leurs mailles en se superposant.
La chair et la graisse dans ce récipient
S'accolent entre elles; ce tissu cellulaire,
Lamelleux, laisse entrer dans la chair musculaire
L'humeur, la fibrine, flocons blancs déliés,
Pour la combustion éléments destinés.

D'orifices percée, une peau diaphane,
Formant avec fibres une triple membrane,
Recouvre mollement la surface du corps.
Des poils et des cheveux croissent sur le dehors;
Et de l'âcre sueur l'excrétion impure
Leur donne en même temps et force et nourriture.

Circulation du sang.

De ces actes divers qui naissent sous nos pas,
L'esprit sent les effets et ne les perçoit pas.
Des pouvoirs chimiques et des forces motrices,
A chaque fonction pareillement propices,

D'un travail accompli présentent les attraits ;
Mais lentement à nous révèlent tes secrets.
  L'air va dans les poumons ; l'acide carbonique
Rejeté, il met en jeu leur pouvoir mécanique.
Le sang du cœur gauche par la valve pressé,
Dans son ventricule se trouve repoussé :
L'aorte le reçoit ; par les deux carotides
Il s'élève au cerveau, où des liqueurs humides
Le prennent. Soumis à son jeu continuel,
Il parcourt promptement le tronc artériel,
Abandonnant sa part à l'artère émulgente
Des reins qui l'épurent : filtration latente

Des humeurs acides ou corps tuberculeux
Que dépose toujours son cours laborieux.
Dans son trajet profond des conduits secondaires
Viennent se bifurquer, branchements nécessaires
Pour desservir du corps les besoins incessants
Et aux membres divers fournir les aliments :
Des rameaux qui naissent de divers orifices
Divergent de partout suivant mille caprices.
Le sang apporte aux sucs pour les vivifier
Des éléments nouveaux qui les vont composer ;
D'ailleurs, dans toute glande, alambic organique,
S'opère utilement un long travail chimique,

Elaboration dont les effets divins
Sont faiblement rendus par les calculs humains.
Abrités de toute lésion étrangère,
Ce qu'a voulu le soin du créateur sévère,
Ces vaisseaux d'où le sang s'écoule à tout moment,
Avec art sont logés le plus profondément.
Il se répand et perd son pouvoir salutaire
En déposant partout le limon nécessaire;
Tout à fait épuisé par ses dons précieux,
Son changement devient et lymphe et sang veineux :
Ces liquides que la réduction nouvelle
A produits, en prenant une route fidèle,

Reviennent aux poumons. En tous points départis
Des vaisseaux circulent; dans leur cours affermis,
Ils suivent la forme d'une longue colonne :
L'artère est dans le fond; la veine l'environne.
Des valves puissantes, ayant reçu le don
D'aider ces liquides dans leur ascension,
Sont placées partout en d'heureux intervalles
Pour soutenir le poids de forces inégales.
Avant de s'élever, ces utiles vaisseaux
Ont encore formé mille vastes rameaux.
Pour que le tronc veineux n'éprouvât point d'entrave,
Deux branchements vont au cœur droit : de veine cave

Haute et basse, ce tronc prend et garde le nom;
Dans son ventricule sang d'aval et d'amont
Arrivent du dehors. L'artère pulmonaire
Le répand aux poumons, réservoir salutaire,
Où, s'imprégnant et d'air et d'un chyle nouveau,
Il va du corps humain raviver le flambeau.

CHAPITRE II

Des rapports entre sa formation et celle des Minéraux et Végétaux.

Si l'on examine du globe la structure,
On voit toujours ta sage et prudente mesure.

Dans leurs replis comme sur leurs flancs souverains
La disposition des différents, terrains,
Qui sont à notre esprit la preuve bien certaine
D'ardentes secousses de date fort ancienne,
Nous reproduit sans cesse un splendide travail
Dont l'uniformité brille dans le détail.
Aux roches ignées comme bases premières,
Succèdent les roches dites sédimentaires
Ou de transition. Là, gisent engendrés
Les houilles, minerais et marbres variés :
Au-dessus, les trias, crétacé, jurassique
Et de formation tout à fait identique,

Aux bancs d'alluvion se créant de nos jours.
Les minéraux croissent et poursuivent leur cours.
  Il n'est pas de sol dur, laborieux, servile.
Que tes lois ne rendent et fécond et fertile.
Les eaux coulent des monts par de nombreux filets,
En suivant la pente des agrestes sommets ;
Leur flot résonne au loin. Elles vont amassées
En des creux plus profonds arroser les vallées,
Et l'on voit les fleuves porter au sein des mers
Les eaux que la mer a livrées dans les airs,
De la forme épuisant les divers artifices
Qui font luire à nos yeux tes volontés propices.

Souvent même, leur cours traverse un lac profond
Où leur limon surnage et va gagner le fond,
Pour ressortir bientôt comme un cristal limpide,
En rendant au fleuve son flot clair et rapide.
Les hautes vallées de leur superbe flanc
Cèdent non sans regret une part au torrent;
De fragments arrondis un magma s'agglutine
Et se forme. On remarque aussi dans la colline
De semblables effets : des terrains élevés
Toujours certains débris se trouvent entraînés
Dans les terrains plus bas. A la mer arrivées,
Près de l'embouchure ces vases déposées,

Après avoir parcouru un grand et long détour,

La mer de sables vient les couvrir à son tour.

Du limon fécondant les biens sortent en foule :

Ceux-ci sont humectés des flots que la mer roule,

Ceux-là de l'eau des cieux. Le règne végétal

Vient encore affirmer ce point fondamental ;

Et dans tous les êtres de ta main bienfaisante

Nous trouvons la mesure et réelle et puissante

De la plante qui vit considérons la fin ;

De sa formation occupons-nous enfin.

Le nœud vital ou le collet de la racine

Supporte la tige qui dans l'air prédomine

Ou simple ou formée de multiples rameaux,
Comme dans les arbres et dans les arbrisseaux,
Epanouissement du tendre pétiole,
La feuille naissante luit dans son aréole.
La fibre médullaire en un étroit canal
Est emprisonnée; marchant d'un pas égal,
Elle s'étend, franchit le bois qui l'enveloppe,
Par plaques ou lignes en long se développe
Et ses prolongements, qui vont communiquer
A l'écorce, viennent du centre diverger.
On voit dans la couche corticale et ligneuse
De vaisseaux différents l'affluence nombreuse,

Trachées, sécréteurs et les vaisseaux séveux
Où chacun exprime son suc laborieux.
Depuis la racine le tissu cellulaire
Recouvre la plante, membrane tutélaire
Que l'épiderme suit. La séve peut monter
Mais non comme le sang dans l'homme circuler.
De la terre ou de l'eau l'absorbant radicule
Porte un suc nutritif jusques au pédoncule ;
La glande des feuilles secrète également,
Vient les favoriser dans leur accroissement.
Elles prennent à l'air des éléments fertiles
Et rejettent ceux qui pour l'homme sont utiles ;

Hydrogène et carbone en elles absorbés,

Les principes vitaux se trouvent épurés.

Les vents, chargés toujours de vapeurs bienfaisantes,

Rendent ses qualités encor vivifiantes;

Car, dans ses éléments, la variation

Détruit souvent le roi de la création.

CHAPITRE III

Intelligence de l'Homme.

La plante naît et croît; elle vit et respire;

Bien plus, l'homme se meut et fait ce qu'il désire.

La volonté l'agite. Un esprit, un agent
En lui la modère, principe intelligent,
Distinct du corps et mieux senti que le corps même,
Guidant ses mouvements en arbitre suprême.
Ainsi, réside en lui ce céleste trésor,
Fluide expansif très-vif et très-mobile encor.
L'organe se formant, très-faible est sa lumière;
Et l'organe plus fort, on voit de la matière
S'élever la raison. L'impression se fait;
Le nerf de proche en proche au cerveau la transmet;
Et la prompte mémoire amplement fécondée,
Du lieu ou de l'objet réveille la pensée.

Ce travail répété donne fidèlement

Les principaux détails de tout événement ;

L'esprit de l'image suit la course rapide,

La pèse nettement ; la volonté la guide.

Les cinq Sens.

LA VUE

Les facultés des sens rendent son cœur brûlant,

Travaillent son sommeil actif et vigilant.

La rétine de l'œil dont la pulpe nerveuse

Vient sur le corps vitré s'épanouir rameuse,

Se trouve emboîtée dans un sac mince et rond

Et pressée avec lui. Le cristallin profond

Etincelle. Un second sac avec artifice
Les recouvre : un iris forme son orifice,
Rideau qui limite le faisceau des rayons;
Enfin, transparente pour leurs transitions,
Mais opaque au pourtour, la cornée l'emboîte
Protégeant l'organe d'une troisième boîte.
De la conjonctive le docile rempli
L'unit à la paupière et l'œil est garanti;
Du divin Créateur la prudente mesure
Par le sac lacrymal ralentit son usure.

Son œil voit du raisin, naissant sous un beau ciel,
S'arrondir le fruit doux et blond comme le miel;
Et la pourpre des fleurs dont le pêcher se pare,
Cacher de son éclat les fruits qu'il lui prépare;
Et sur les bords des prés les fertiles guérets
Couverts de blé touffus, jaunissantes forêts;
La terre l'excite par sa douce richesse
Et par les biens nombreux que répand sa largesse.

L'OUÏE

Le canal auditif forme du limaçon
La coquille : deux trous, l'un aval, l'autre amont,

Sont fermés d'une peau avec art bien tendue ;
L'air fait ressort au fluide où la fibre tenue
Surnage. Le bruit naît; le tambour aussitôt
Le reproduit; et les osselets, le marteau,
L'enclume et l'étrier le font vibrer encore.
Sur la cloison voûtée agit l'onde sonore :
Le liquide ébranlé reçoit la pression ;
Les filets au cerveau soudain portent le son.

L'ouïe entend parfois, une voix agréable
Qui semble l'engager à la trouver aimable,

Des fleurs en mouvement, de mobiles roseaux,
Le murmure zéphir, le murmure des eaux;
Elle écoute au lointain dans les sombres allées,
Vibrer l'herbe et les fleurs que des pas ont foulées;
Le plus souvent, c'est l'air qui gémit dans les bois,
Qui lui vient apporter de ses sylphes la voix;
De la nymphe ce sont les éclats du sourire,
Les sons harmonieux que son âme respire,
Promène dans les airs, qu'elle aime à répéter;
Et la foule se presse et les veut écouter.

L'ODORAT

Des filets délicats composent la membrane
Qui couvre les sinus et cornets de l'organe,
L'odorat. Le zéphir voltigeant sur le thym,
Nous rapporte, le soir, les parfums du matin.
L'onde, au milieu des fleurs naïade transparente,
Vient presser mollement leur enceinte odorante.

LE GOUT

De goûter les saveurs des nerfs ont le moyen;
Ce sont les nerfs lingual, glossopharyngien :
L'un discerne l'acide et l'autre l'amertume;
On recourt à ces sucs quand le mal nous consume.

Les trèfle et gentiane, alliés aux pavots,
Forment des sucs amers qui donnent le repos;
Des plantes et des fleurs composent un breuvage
Dont la chaleur nous rend la force et le courage.
Un suc qui nous nourrit, vient à notre secours,
Comme autrefois le lait nourrit nos premiers jours.
Le fruit encore amer, la vigne encore acide
Excitent du palais l'inquiétude avide.

LE TOUCHER

Nous jugeons des objets dans la nature épars,
Tantôt par le toucher, tantôt par les regards.

La main prend le ciseau, rend la pierre sensible
Et trouve la vie dans son sein invisible ;
Elle crée avec art les plus beaux ornements,
Transforme sous ses doigts et l'or et les diamants,
Et du coton simple fait une trame habile
Que pour des goûts légers elle prépare et file.
La main aime à toucher ces habits somptueux,
Produits que déploie le ver industrieux,
Et le chaud palissandre à la fibre ductile
Et la fraîche batiste et l'albâtre docile.

Ton ouvrage est un tout en toi-même produit ;
La pensée y passe ; la volonté la suit.

D'un mouvement suivi l'être humain se façonne;
Dans un temps fixé croît et se perfectionne.
Cet ensemble parfait, l'esprit peut l'admirer,
L'empreinte divine seule doit le frapper.
A l'aspect d'une œuvre et si grande et si profonde
Pour le génie humain quelle source féconde!
Des vastes sciences tu montres le chemin
Et des grâces de l'art le sublime lien.
Pour les travaux humains les exemples abondent;
Ils sont sentis lorsque les pensers les fécondent.
L'optique et l'acoustique, organes délicats
Qui forment de l'homme les plus riches appas,

Dans leur construction simple, prodigieuse,
Présentent les accords de ta loi rigoureuse,
Du toucher et du goût la sensibilité
Au sens de l'odorat donne la volupté.
Formes, proportions sont partout dispersées,
Nuances et couleurs sans cesse variées :
Harmonie, beauté, tout enchante et ravit.
Plus mon esprit scrute, plus ma raison grandit.
Entière est la vérité ; elle fuit tout système ;
Elle est dans son être la volonté suprême.
Si des êtres créés je cherche la raison,
Dans ce milieu je vois une religion.

A la foi des humains pour preuve indubitable
Vient s'ajouter encor ta bonté secourable.
L'instinct de l'union sent naître le désir,
La pensée, image de la vie à venir,
Fortifie l'esprit ; l'âme de la mémoire
Se nourrit et du Dieu vivant chante ta gloire.

CHAPITRE IV

Forces vitales.

Si par ta volonté l'homme impose ses lois
Aux êtres infinis, ces produits à ton choix,

Il sait par le secours de son intelligence
Que le grain de poussière égale l'influence
Des astres immenses qui roulent dans les cieux;
Qu'il presse et cède; influe et résiste comme eux.

HARMONIE

Aux cœurs religieux que la nature est chère!
Qn'avec ravissement, à la chaleur première,
J'admire les êtres autour de Dieu groupés
Offrir le pur encens de la reconnaissance.
Délicieux moment! une douce puissance
Par ce charme nouveau tient mes sens enchaînés.

Ici, tout obéit à la sage harmonie
Qui divise et unit les éléments de vie.
Intelligent flambleau de la réunion !
Pour tout être qui croît ou se meut ou respire,
Tu présides en Roi dans ce terrestre empire
Aux sublimes accords de la formation.

Les rapports ravissants naissent à ton sourire ;
Ton pouvoir les donne, ton pouvoir les retire.
Tu détruis, il est vrai ; mais tu prends le plaisir
De créer sans cesse. Du repos ennemie,
Par la destruction tu rajeunis la vie,
De tes plus beaux produits laissant le souvenir.

Aux heureuses amours tu redonnes sans cesse
Les générations voyant avec tendresse
De nouveaux horizons. Aussi, sous chaque ciel
Toujours désireuse de remplir une tâche,
Ton admiration par un lien rattache
Les êtres différents au sein de l'Éternel.

L'homme, de la nature ornement le plus sage,
Des êtres le plus fier dans son noble partage
Et par l'ambition trop souvent aveuglé,
Prépare mûrement pour un progrès propice
Le triomphe du droit, des lois, de la justice
Et cherche le bonheur dans la fraternité.

Il assouplit la force et la régularise
Pour parer au fléau qui la désorganise.
La douleur le frappe dans le sol dévasté;
Il lutte avec le sort. L'énergique souffrance
Ravive son courage et donne la puissance.
Un vertueux combat grandit l'humanité.

Aux pénibles travaux qu'exige la science
S'appliquent tous les jours ses soins, sa patience.
Les mouvements civils et les universels
Occupent son esprit: Religion, Patrie,
Coopération, Réunion; il lie
Et ses droits relatifs et ses droits naturels.

Fille du monde entier, il est sous ton empire ;
Il ne peut échapper à ton puissant sourire ;
S'il souscrit à tes lois? c'est dans tous les moments.
Avec l'amour brûlant il presse la matière
Et lui donne le ton de la fleur printanière ;
Mais la guerre ardente la rend aux éléments.

Il voit tes exemples livrés avec largesse :
Le sage s'en nourrit et vit de ta sagesse ;
L'architecte jouit de ta proportion ;
Le grand coloriste de toutes ces nuances
Qui font le mouvement dans tes formes immenses,
Et la loi comme l'art de ta saine raison.

Que l'homme soit privé de ta touchante image!
Dans les corps dénonçant une terre sauvage,
Quel genre de beauté viendra frapper ses yeux?
Les esprits désormais sont sans intelligence,
L'amour religieux a perdu son essence,
Et l'espoir immortel abandonne les cieux.

BESOINS, JOUISSANCES

Dans la création à tes lois enchaînée,
Son âme contemple ta sagesse incréée,
Des éléments l'accord qui brille à tout moment,
De la paix bienheureuse un exemple éclatant.

Quel est donc son effort pour résister aux vices
Qui toujours sous ses pas ouvrent des précipices !
Des forces vitales l'ensemble combiné
Forme un tout et produit la grande humanité.
L'impérieux besoin, ce maître de tout faire,
Suscite des efforts qui veulent un salaire ;
Attentif à saisir la vogue et l'engouement,
Chacun se travaille vivant diversement ;
En aveugles pressés, tous à Polichinelle
Recourent et parlent la langue universelle :
Là, c'est le professeur ; ici, c'est le marchand ;
Pour vivre enfin, il faut vendre un orviétan.

On étale au public affiches dans la ville ;

Maintes circulaires joignent le domicile.

Le désir d'arriver occupant le cerveau,

Vante, affirme et procédé et bon marché nouveau.

Protée insidieux, l'empressée réclame

Vous tend sa main et laisse en la vôtre un programme ;

Son flot attire encore et sait vous rappeler ;

Sur la chaussée humide on l'admire couler :

D'enseignes reluisants, les chars vous avertissent,

Tantôt prennent l'élan, tantôt le ralentissent.

La mode près d'elle voit changer tous les jours

Les fêtes, les travaux, les belles, les amours ;

Elle occupe un monde qui vous sourit sans cesse.
De celui qui l'habite il trompe la tristesse.
En appliquant sur lui de curieux regards,
Il donne les reflets des mobiles hasards ;
Ici, l'industrie verse son abondance,
Met en jeu les ressorts de notre intelligence.
Là, les jardins anglais, les nouveautés, les arts,
Le luxe éblouissant s'offrent de toutes parts.
Vous suivez au concert, au cirque ou au théâtre
Une foule toujours de talents idolâtre.
Que de nombreux travers dans ce public léger
Qui de modes, de goûts est si prompt à changer !

On voit les temps changés, les sottises pareilles :
Des Dândins enrichis passent pour des merveilles ;
Le rire éclate sur un brutal irrité
Qui donne du relief à son obscurité.
A l'âpre sottise la candeur sert de piége ;
Un troupeau de pédants compose son cortége,
Vendant à bon marché ses écrits quotidiens
Et des mœurs se disant intrépides soutiens.
L'un, adroit courtisan, dans un jour de parade
Est fier de débiter un discours long et fade ;
Il s'élance trop loin et son jeu calculé
Ne produit pas l'effet qu'il avait réservé.

L'autre, marchand de mots, s'occupe de la phrase,
Heureux s'il peut donner à la mort de l'*extase;*
Ou parlant de cadavre, hardiment il nous dit :
Son corps se décompose. Ainsi, l'on nous instruit.
Chacun à sa façon, du progrès qu'il encense,
Pour une large part cherche la préférence.
Aux badauds pour un sou le charlatan lutin
Explique sa magie et livre son pantin.
On prodigue les traits à la caricature;
On court après l'esprit, on y trace l'enflure.
Ce n'est pas tout : il est un bataillon d'auteurs
Mus par des sentiments louables et flatteurs.

Qui veulent du travail réchauffer les semences,
Ils donnent au public, le soir, des conférences
Où chaque sujet offre un attrait différent.
L'honneur doit-il suffire ? ils ont besoin d'argent.

PASSIONS, ERREURS

L'homme emploie pour mieux cacher sa perfidie
Tantôt l'habileté, tantôt l'hypocrisie.
Les passions en lui font sa férocité
Dont les événements mesurent le degré.
Excité par le feu du désir qui l'anime,
Son œil voit la souffrance harceler sa victime;

Et le plaisir du mal qu'il savoure à longs traits,
Entretient sa vengeance et calme ses souhaits.
Oui, viendra le jour où la raison, triomphante
De tous les préjugés, restera l'épouvante
Des imposteurs vendus, des effrontés tyrans.
Que le sage consente à caresser les grands
Pour obtenir parfois le droit d'être sincère,
Il paye malgré lui ce tribut nécessaire,
Le sage en badinant instruit avec gaieté,
Frappe toujours l'erreur, prône la vérité.
Des abus surannés le prestige s'efface ;
Suffrage universel, ton pouvoir les remplace !

Les tyrans sont heureux de régner sur les sots ;
Le besoin de tromper les rend même dévots;
Et souvent, leurs valets à l'instinct mercenaire
Servent de faux témoins pour un faible salaire.
Les vrais honnêtes gens, en public immolés,
Aux ris de la foule sont sans cesse livrés;
Et bien plus encore, la publique impudence
Des tartufes du jour anime l'éloquence.
Les zélés, à leur tour, élèvent leurs clameurs,
Essayent de flétrir les talents et les mœurs,
Accueillent tout objet d'un front dur et sévère
S'imaginant ainsi avoir seuls droit de plaire.

Le probe Biriou, souvent même espion,

Est de celui qu'il sert l'effronté champion,

Faisant sonner bien haut son amour de justice;

Mais toute affaire doit lui donner bénéfice.

Quel honneur attacher à ce dévouement

Qui toujours à l'homme procure de l'argent?

On doit se défier. Tout excès de jactance,

Si vous creusez le fond, affirme l'insolence.

Que peut-il résulter d'un zèle détesté?

La concorde s'enfuit, reste l'inimitié.

Le vaincu de la haine élève une barrière;

L'éloignement devient la commune frontière.

En justice, un langage et perfide et fleuri
Frappe le prévenu qui, dans ses rets saisi,
Tombe fatalement sous la dent sanguinaire
D'un puissant engrenage, et n'importe l'affaire,
Le juge (1) confiant en suit l'instruction
Point par point et même la condamnation.
L'accusateur public, veillant sur l'engrenage,
Par un autre océan tend au même rivage.
Le port aux malheureux est tout à fait fermé.
O sainte justice ! ton nom est profané.
Des aveugles humains il couvre les rancunes ;
Le juge, ne frayant que les routes communes,

(1) La justice se met trop facilement aux ordres de ses agents subalternes, et dans l'instruction, le fait, en lui-même, est sacrifié à l'œuvre de rédaction.

Trouve partout la ruse; il frappe aveuglément,

Insulte le prévenu (1) et rend son jugement,

Sans écouter le cri que fait sa conscience :

« Il n'a pas fui, » de Dieu réclamons l'assistance !

A la force toujours l'avide ambition

Applaudit; au malheur la sublime raison.

Le méchant conseille; le valet fait l'ouvrage;

Mais le silence honore et méprise l'outrage.

On dresse une statue à la mort du savant;

Et du travail, parfois, on prive le vivant.

De son infortune la cause est-elle injuste?

A l'homme, à la victime, aux pleurs on donne un buste.

(1) Le prévenu se lève pour faire une observation : dénoncer les témoins. Le président, avec rudesse, lui jette ce mot dédaigneux : Asseyez-vous.

55

INTÉRÊTS, RUSES

Des luttes des humains le travail virtuel
Serait-il donc compté dans cet ordre éternel
Dont la nature offre la source et le modèle ?
Mais des maux donnons-nous une part mutuelle.
De l'homme intelligent la raison est la loi ;
A lui de la suivre ; chacun l'a devant soi.
Déchirons hardiment le brillant artifice
Des viles passions : l'orgueil et l'avarice
Arment leur fouet léger de caressants refus;
L'espoir attentif est un aiguillon de plus.

Chacun, de sa famille élevant la fortune,
Avec art méconnaît la famille commune ;
Et dans un même état, par le sort partagés,
Les liens des mortels demeurent divisés.
Nuire est la liberté qui convient aux esclaves ;
Ils forgent sans cesse de nouvelles entraves ;
Lequel d'entre eux a pu résister à l'orgueil,
Ce vertige fatal que fait naître l'écueil ?
Les uns sont reconnus maîtres dans l'art de nuire
Divisant pour régner, isolant pour détruire.
Les autres s'érigent en sévères censeurs ;
Contre le vice altier ils défendent les mœurs.

Mais leur leçon trahit la basse jalousie ;
Dominer ses égaux, folle et coupable envie,
Des orgueilleux humains est le commun effort.
Qui n'est pas le plus fin veut être le plus fort.
  Laissons parler les sots de ces filous avides
Prenant l'or de leurs mains qui longtemps seront vides,
Et de ces financiers finement ingénus
Qui, sur des malheureux, enflent leurs revenus.
Ambitieux tyrans, infernale cohorte,
Sur vous l'argent, l'argent est le dieu qui l'emporte.
Vainement, la raison secoue son flambeau ;
L'effort est repoussé ; le servile troupeau

Veut par ses caprices continuer la chaîne
Que l'erreur fait peser sur l'ignorance humaine.
De sa dure épargne le fripon a le soin
Et l'exploite. L'exemple est un puissant témoin.
L'homme adroit, simulant une intime caresse,
Fait dans l'art de tromper exceller son adresse.
S'il emprunte à la ruse un détour bien latent,
Le vulgaire insensé l'appelle intelligent.
Ce fondement posé, dans des travaux immenses
D'un public dépouillé se cachent les souffrances.
Le troupeau lentement se meut; de l'arrêter
Vous tenterez en vain. Il faut l'abandonner,

Quand l'élan est donné ; l'impulsion remplie,
Il reconnaît l'erreur de la route suivie.
De son travail impur en recueillant le fruit,
Le gérant qui le plaint, au fond se réjouit.
Si quelque chiffre obscur brille dans sa gérance,
Ce n'est rien ; de l'erreur il n'est que l'apparence.
Veut-on de sa richesse entamer le levain ?
Le juge du procès vient lui donner le gain.
Aujourd'hui, des ruines de leurs actionnaires
Surgissent des gérants cent fois millionnaires.
De Venise autrefois les rivages fêtés
Ont recueilli les pleurs des Law infortunés.

Guillot, prostituant les noms d'ami, de frère
Veut, non content du vol, être encore faussaire.
Un aigrefin, des lois évitant le danger,
Emplit sa sacoche, s'enfuit à l'étranger;
Cinq ans bien révolus éteignant sa créance,
Il revient étaler sa coupable impudence. (1)

Aux animaux l'instinct de conservation
De leur mille ruses fournit l'invention.
Les humains emploient toute leur industrie
A contenter d'abord les besoins de la vie;
Et les amusements, les fêtes et les jeux
Sont les puissants attraits qui s'offrent à leurs yeux.

(1) Les pièces justificatives de ces méfaits sont dans les mains de l'auteur.

Aussi, n'importe l'art auquel il se destine,

L'homme devient engin, instrument ou machine.

Le travail fuit l'esprit que poursuit le plaisir;

Les choses futiles ne peuvent le servir.

La pensée s'éteint; la ruse abrutissante

Soutient les arts et rend la passion brillante.

En affaires souvent, l'instinct est suffisant;

Mais dans l'invention le génie puissant

Éclate : de ce don la nature est avare;

Si l'instinct est commun, l'intelligence est rare.

Le génie peut-il éclore en un séjour

Où l'ignorant fleurit sous la brigue d'amour;

Où la faveur prévaut et non pas le mérite ;

Où la seule souplesse aux entendus profite ?

CHAPITRE V

Forces Sociales

ESPRIT PUBLIC

Ce concours de forces, vrais enfants de l'orgueil,

Qui vont et reviennent, changeant à vue d'œil,

Ces choses, intérêts, jouissances frivoles,

De tout esprit public sont le fond, les paroles.

Dans ses mobiles pas suivant l'événement,

Le Pouvoir de sa force y puise un aliment.

L'administration, forte de sa sagesse,

Dans le pays entier répartit la richesse ;

Le travail général, de ses sucs pénétré,

Brille dans ses produits par la variété :

Ici, les froids calculs de la philosophie ;

Là, ravit des beaux-arts la suave harmonie.

La grande industrie ne souffre et ne languit ;

A chacun du labeur elle donne le fruit.

SES LUMIÈRES

Il règne des forces aux vertus fécondantes

Qui, de l'esprit public lumières émergentes,

Vont au corps social apporter la santé
Et font par leur concours fleurir l'humanité.

L'exacte vérité range tout devant elle,
Accorde la grandeur ; et la race mortelle,
Levant son front si longtemps abattu,
Contemple son être de splendeur revêtu.

La justice fonde sur une base sûre
De tous les droits sacrés la charte antique et pure,
Avec un soin égal détourne de sa main
La torche incendiaire et le fer assassin,
Place pareillement dans le commun suffrage
L'homme passionné, le faible au doux langage.

La charité, simple et libre d'ambition,
Compte surtout l'amour pour un précieux don,
Prête à la vérité son voile secourable,
Aux faiblesses d'autrui se montre favorable,
Et d'un commun effort tente de les couvrir;
L'amour sait espérer, tout vaincre et tout souffrir.
De toute œuvre pie que l'espérance élève
Et asseoit lentement, la charité l'achève;
Un jour, la science tendra vers son déclin
La douce charité n'aura jamais de fin.

L'humble fraternité crée la confiance,
La concorde et l'amour naissent de leur présence.

De l'idée et l'outil ce sont les durs combats
Qui, confondus, donnent la vie ou le trépas,
Chassent les ténèbres; avec eux la matière
Prend et suit une forme; et l'esprit de lumière,
De l'obstacle indocile affrontant les rigueurs,
Éloigne du travail les cruelles douleurs.

La liberté, force vive de la patrie,
Ouvrant toujours à l'homme une route fleurie,
Des arts consolateurs est le génie heureux,
Leur terre natale, leur soleil généreux :
Ils prennent dans ce sol une grandeur féconde
Et préparent la vie aux délices du monde.

Son souffle bienfaiteur réchauffe les humains,

Réveille leurs forces, en fait des citoyens.

L'homme dans l'équité trouve l'indépendance,

Dans le devoir l'élan de sa bouillante enfance.

Les nobles idées adoucissent les mœurs,

Agrandissent l'esprit et font vibrer les cœurs.

Raison, que ton flambeau le dirige et l'éclaire !

Dans ses devoirs, ses droits sois la voix tutélaire.

SES ALIMENTS

La froide instruction des mortels est l'appui;

Elle rend leur travail plus fertile aujourd'hui;

Et marchant sur ses pas, la morale tardive
En abreuve toujours les fruits de son eau vive.
La voix des intérêts les meut et les instruit,
Préparant le chemin à la paix qui la suit,
Tels sont les aliments ou les lois qui régissent
Les élans de l'Esprit public et le nourrissent :
C'est le sang qui circule, entretient la santé,
Ramène la vie, sert la fécondité,
Fait goûter le bonheur à notre âme abattue
Et donne à notre cœur une ardeur assidue.
Ce sang qui du Pouvoir va par les intérêts
Aux confins du pays, y laisse ses bienfaits,

Subit des passions l'action émergente
Et revient au Pouvoir, force vivifiante.
Du travail la science enlevant l'àpreté,
Fait luire dans l'esprit l'invisible clarté ;
L'homme, à son tour sentant sa souffrance allégée,
Étend et cultive le chemin de l'idée.
La science, qui règne en maître souverain,
Affranchit le travail de sa puissante main :
Le savant fait briller les lumières propices,
De ses soins à nos yeux escomptant les prémices,
L'artiste dans le ciel voit les divins lambris
Et le philosophe les mystères surpris.

L'homme religieux le bien dans sa pensée
Et sur ce fondement l'espérance élevée.
Chacun de la nature emprunte le pouvoir;
Tous sont nés pour l'entendre et dignes de la voir.
Pleins de ravissement de se trouver en elle,
Ils cherchent à rendre leur pensée immortelle.
Vrai Dieu sur la terre, chantons l'homme de bien,
Père de la Patrie, à toi l'encens humain,
Un autel. O travail immortel des poëtes!
Tu sauves de l'oubli les choses que tu fêtes.
Oui, par toi les peuples de la mort triomphants
Revivent à jamais dans les âges suivants,

Et la Vertu libre rayonne en sa richesse.
D'un Thersite insolent l'orgueilleuse bassesse
De traits brûlants sera flétrie dans mes vers;
La juste Némésis l'accompagne aux enfers.
Si, du profond mépris vous pesez la puissance,
Le bras est trop faible pour tenir la balance.
Le crime nivelle le forçat, le mouchard,
L'un l'expie, et l'autre s'en abreuve avec art.
Le véritable honneur n'émet point d'étincelle;
C'est ce pain céleste qui dans nous s'amoncelle;
Nul de ses atomes ne se trouve perdu;
Car, tous sont de l'âme le ferment continu.

CHAPITRE VI

Aspirations de l'Homme

La nature subit de nouvelles idées
Rejetées des uns, des autres approuvées.
Ceux-ci, de l'inconnu poursuivant les hasards,
Ouvrent de leur esprit les immenses regards,
Consultent la raison dans leur vue incertaine ;
Le présent inquiet les frappe, les entraîne.
Ils veulent imprimer des vestiges nouveaux
Sur des sentiers couverts de magiques tableaux,
Et, quand tout a changé, tenter les découvertes
Qu'à leur esprit chercheur les besoins ont ouvertes.

Ceux-là sont occupés par un pénible soin
D'exhumer le passé, voyant toujours au loin
Le risque dangereux pour ceux qui l'entreprennent;
Des aïeux respectés les préceptes les mènent.
Mais, du talent réel la raison suit les pas,
Le courage triomphe après de longs combats.
Faisons notre devoir et briguons ses suffrages;
De sa vive lumière éclairons nos ouvrages,
Comme dans son élan la générosité
Fait briller citoyens, patrie, humanité;
Oui, que de l'univers l'enchaînement suprême
Aux immuables lois soit notre guide même.

PUBLICITÉ

Une idée émise, les différents partis
Ne s'arrêtent point à la raison ; des avis
L'élaboration assez souvent entraîne
De la difficulté le lien qui l'enchaîne.
Le Pouvoir, de la lutte en vrai modérateur,
Établit pour le bien son arrêt protecteur;
Et sa main élaguant les idées nuisibles
Rend à l'opinion les éléments fusibles.
Car cette puissance, contrôlant la raison
Et de la vérité parlant toujours le ton,

Aux habiles transmet hardiesse et confiance
Et n'inspire aux prudents que crainte et défiance.
Du bien public le zèle a certain mouvement
Qu'on traite d'amour-propre assez communément.
Vouloir que de tout point ce sentiment nous quitte,
Pour l'homme véhément n'est pas chose petite.
Le patron, l'ouvrier, l'artiste, le docteur,
Toute profession s'estime dans son cœur;
Et je ne connais pas d'esprit vraiment auguste
Qui veuille défendre l'arbitraire ou l'injuste.
De tout ce que dessus en argumentant bien,
On trouve maints discours ne signifier rien.

Mais pour certaines gens, à bon droit ignorantes
Et qualifiées même d'impertinentes,
L'art n'est que le talent de se faire valoir ;
Il est toujours choyé et non le vrai savoir ;
On porte ses pareils jusqu'au degré suprême
Et l'on veut le moyen de s'élever soi-même.
Or, de toute chose pour bien asseoir le fait,
De ce fécond sujet développons un trait.
Dans certaines voies d'une philosophie
Engageante et fausse, mais subtile et hardie
Le docteur-médecin cueille ses entretiens
Et de son avenir y recherche les biens;

L'utile lui sourit ; son guide est la science,

Du monde moderne large part de croyance.

Dans l'homme, son sujet, il ne voit que ressorts ;

Ame et sentiment sont propriétés du corps,

Et dans la matière tout est chose hasardeuse.

De l'esprit consultons la marche ingénieuse :

Après de longs travaux il produit un engin

Dont les organes lourds veulent des soins sans fin.

Son but n'est pas atteint. La maudite science

Est pernicieuse : bon sens, expérience

Dans leurs lois exigent un nouveau fondement:

Alors, que répondre devant cet argument ?

Il faut recommencer. Or, dans cette machine
Qui se fait par nos mains et sous nos yeux chemine,
Nous connaissons le but que nous avons voulu,
Et dans le corps humain tout nous est inconnu.
Là, l'effort d'une roue entraîne la seconde;
Mais, dans l'engin vivant agit l'esprit du monde.
L'homme donc, quand il donne un corps à la matière,
Reconnaît pour moteur la puissance ouvrière
Dont l'intelligence est de l'œuvre le soutien;
Alors, du corps humain à Dieu va le lien.
Si son esprit le mène à l'idée de cause,
Le sentiment divin à son erreur s'impose.

Ainsi, parmi les fleurs dont un arbre est chargé,

Des germes sont privés de la maturité ;

Cet acte qui surprend, affirme la sagesse.

La nature à chacun fait sa part de largesse.

Le Progrès

HEUR ET MALHEUR

Fils de l'industrie, par ses inventions

Le progrès pénètre le sein des nations,

Dans ses courses toujours allant à pleines voiles

Et à toute vapeur; elles sont les étoiles

Qui le mènent partout. Il frappe tous les yeux,

Et fièrement porte ses pas de lieux en lieux;

Il va sur tous les points, s'égare et se promène,
Fait tout ce qu'il lui plaît; car tout est son domaine.
Il est fêté partout. Aussi, dans chaque ciel
Il satisfait ses goûts, cueille le plus doux miel;
Amant de nouveautés, compagnes de voyages,
Courant partout, partout cherchant sur son passage
Un objet inconnu qui puisse le charmer,
Un esprit qui l'écoute et qui veuille l'aimer.
L'Abîme est le fanal qui, dans les nuits d'orage,
Aux regards des humains accuse le rivage,
Signale de bien loin les bancs et les rochers,
Et guide dans le port les habiles nochers.

Civilisation, ô fragile œuvre humaine,

Radieuse aujourd'hui, demain froide et hautaine !

Ou l'homme la cultive, ou l'oublieux plaisir

Y sème la moisson qu'il devra recueillir ;

De ses soins vigilants tu dois être entourée.

Aussi, de chaque bruit son oreille frappée

Écoute et croit souvent connaître les ressorts

Qui peuvent de son œuvre embellir les accords ;

Il y revient toujours, et toujours les mains pleines,

Apporter le tribut de ses veilles sereines.

De la saine raison écoutant peu la voix,

Il se rend malheureux sous ses bizarres lois,

Tourmente sa vie, préoccupé sans cesse

Du désir des honneurs, du gain, de la richesse.

De Charybde à Scylla toujours vague et flottant,

Un projet le relève; une chute l'attend;

Et toujours loin du bord aveugle d'espérance,

Des joies du bonheur il passe à la souffrance.

Dans ce flux et reflux d'espoir et de labeurs

Doit flotter un tissu de désirs et de pleurs.

Mère du caprice, l'inconstante fortune

Prodigue une faveur qui devient importune;

Elle arrive toujours à pas inattendus,

Frappe diversement dans ses traits imprévus,

Et jette à l'ouvrier un don cruel, perfide.
Un article imité que le bon marché guide,
Arrête ou ralentit la marche des travaux
Et fait baisser le cours des articles rivaux.
De la nécessité le pesant esclavage
Dans des flots de sueur inonde son visage,
Un sourire jaloux, arbitre de son sort,
Apporte des revers, banqueroute ou la mort !
Alors, des règlements la pénible rudesse
De son corps, de ses bras augmente la faiblesse :
Le travail est activé, on redouble de soins,
On donne des ordres pour remplir les besoins.

Observer le travail est toute une science.

C'est des faits reconnus fouler l'expérience ;

C'est prévoir les besoins pour des revers fâcheux.

Le ciel de l'avenir est toujours nébuleux.

Si la pensée accourt dans ses nuages sombres,

Ses rayons lumineux dissiperont leurs ombres ;

Le travail grandira dans ces ardus chemins

Et sera garanti par de nouveaux engins.

Les guerres remplissent des peuples les annales ;

L'ambition, l'intrigue amènent ces scandales.

Si l'homme prévoyant pourvoit à ses besoins,

A ses désirs encore il donne tous ses soins ;

Il va même plus loin : vers le mauvais génie

La vanité le pousse ; à force d'industrie

On le voit se livrer à un instinct fatal.

Le vice nuit au bien, le convertit en mal.

Il dresse son esprit, o calcul détestable !

Dans un nouveau fusil à primer son semblable

Pour la destructiun marchant trop lentement.

Eh ! dans cette époque de progrès éclatant

L'invention fournit aux peuples pour la lutte

Une arme qui détruit dix hommes par minute.

Des misères sans nombre affluent de son sein ;

Les terres foulées boivent le sang humain ;

L'engin lutte contre l'engin ; dans ses ravages
Il va brûler le fruit de ses propres ouvrages,
Et la liberté fuit sous le fer insolent.
Que laissent après eux le triomphe éclatant,
Et l'orgueil enivré de victoires splendides,
Et la prospérité dans de succès rapides ?
Tout, vainqueurs ou vaincus, désastres ou lauriers,
Roule fatalement dans les sombres sentiers
Du Destin ; et l'effort de toute résistance,
Quel qu'il soit, est brisé par sa lente puissance.
Mais, de Dieu tout-puissant les secours souverains
Font germer, accroissent la race des humains.

La nature sourit à sa douleur profonde,

Répare la perte par sa grâce féconde,

L'enrichit de doux fruits, l'embellit tous les ans,

Couvre de verdure ses vallons et ses champs.

L'homme de ses pères imitant les exemples,

Développe ses soins, construit de nouveaux temples

Pour adresser au ciel ses maux, ses pleurs, ses vœux

Et pour chanter la paix qui vient le rendre heureux.

MERVEILLES DU TRAVAIL

De la production les nombreuses merveilles

Qui tiennent dans le sein de croyances pareilles

Les peuples réunis, verront luire en ce jour
L'aurore de la paix ; la concorde, à son tour,
Apportera le feu de sa grâce puissante
Avec l'harmonie, lumière étincelante.
Aveugles préjugés, fuyez ! Le ciel blanchit ;
De votre empire affreux le travail s'affranchit.
Bellone cessera d'éterniser les guerres,
Ne fera plus gronder ses horribles tonnerres.
Désormais, les lauriers que la paix a promis,
Du sang des ouvriers ne seront plus rougis ;
Les peuples ont dressé son autel ; et son temple
De la concorde montre un magnifique exemple.

Les Pouvoirs du travail favorisant l'essor,

Admirent ses bienfaits, véritable trésor.

Le peuple désire contempler la puissance,

Voir son splendide éclat et sa magnificence.

Que des mains sincères dirigent le pouvoir !

Le respect pour les lois deviendra son devoir.

Dans la hauteur de l'âme il verra la sagesse,

La concorde et l'amour répandre la richesse.

Le travail, tous les jours, de plus en plus l'instruit,

La raison suit les pas de l'erreur qui s'enfuit,

Repousse des abus l'héréditaire usage,

Des rapports des peuples lui trace le langage.

INVOCATION A LA PAIX

De la paix à l'homme fais goûter les appas,
Grand Dieu ! vers le travail conduis toujours ses pas ;
Chasse loin de son cœur la discorde cruelle.
Qu'un saint ravissement éclate dans son zèle !
De ta lumière luit en son âme un rayon ;
Tu l'as voulu doter de ce céleste don.
Du feu de ton amour remplis son cœur avide :
Ce sentiment divin des peuples est le guide.
Ils le reconnaîtront à tes saintes clartés ;
Ce frein vient soumettre, ranger leurs volontés.

Les préjugés maudits plongés dans la nuit sombre,

Les vertus morales sortiront de leur ombre ;

La liberté brillera à l'approche du jour,

Et lentement viendra recommencer son tour ;

Ses feux vont dissiper au loin la nuit fatale

Les gouffres dangereux et la ruse infernale.

La raison éloigne de nos cœurs détrompés

Les travers qui les ont si longtemps enchaînés.

La société reçoit une face nouvelle ;

L'homme la féconde d'une ardeur mutuelle.

En élevant au ciel ses innocentes mains

Pour les biens dont ta grâce a comblé les humains,

Sa voix à chaque instant comme tribut fidèle
Adressera des chants à ta gloire immortelle.

Stances

LES RÈGLES D'ARCHITECTURE

Dans sa création observer la nature
De sa forme imiter l'accord harmonieux,
C'est le but de l'architecture.
Tout bâtiment correct dont les traits gracieux
Des rapports bien sentis forment la liaison,
Contente l'œil et la raison.

L'ornement de charmes revêt sa gravité.
La délicatesse, le goût font sa noblesse ;
La bienséance sa beauté.
Au type social le ton grave s'adresse ;
Au privé l'élégant et l'utile s'applique
Au glorieux le magnifique.

Conseil à Isaure

Si l'amour à prix d'argent
Charme tes souhaits, Isaure,
Que ton appas séduisant
Craigne un mépris qui l'adore.

Remercîment à la comtesse Florentine...

Pour célébrer la gloire et chanter la beauté,

A la proportion qu'inspire le génie,

Ton esprit allie le langage épuré,

Et ton cœur donne au vrai la voix de l'harmonie.

TABLE

ODE. Le Sultan a Paris

POEME. La Civilisation en 1867.

Chapitre I. 1. La vie de l'homme.— 2. Sa formation. — 3. Nutrition. — 4. Circulation du sang 3

— II. Des rapports entre sa formation et celle des minéraux et végétaux. 18

— III. 1. Intelligence de l'homme. —2. Les cinq sens. . . 25

— IV. 1. Forces vitales.— 2. Harmonie.— 3. Besoins, jouissances.—4. Passions, erreurs.— 5. Intérêts, ruses. 37

— V. 1. Forces sociales, Esprit public. — 2. Ses lumières, ses aliments. 52

— VI. 1. Aspirations de l'homme. —2. Publicité. — 3. Le Progrès, heur et malheur. — 4. Merveilles du travail. — 5. Invocation à la paix 72

STANCES.

I. Les règles d'architecture 92

II. Conseil à Isaure. 93

III. Remercîment à la comtesse Florentine..... 94

Sceaux. — Typographie de E. Dépée.

www.ingramcontent.com/pod-product-compliance
Ingram Content Group UK Ltd.
Pitfield, Milton Keynes, MK11 3LW, UK
UKHW020258220726
13923UKWH00002B/965

9 782019 279233